MW01144341

Les éditions de la courte échelle inc.

Jacques Savoie

Jacques Savoie est né en 1951, à Edmundston, au Nouveau-Brunswick. En 1972, il a fondé avec des amis le groupe de musique traditionnelle Beausoleil Broussard qui a connu un grand succès. Depuis 1980, Jacques Savoie a écrit cinq romans, dont *Les Portes tournantes*, porté à l'écran par le réalisateur Francis Mankiewicz, et, plus récemment, *Le cirque bleu* et *Les ruelles de Caresso*, publiés dans la collection pour adultes Roman 16/96 de la courte échelle. En 1995, *Toute la beauté du monde*, paru dans la collection Roman Jeunesse, lui a permis d'être finaliste au prix du Gouverneur général.

Depuis quelques années, Jacques Savoie travaille surtout comme scénariste. On lui doit, entre autres, les textes de la minisérie *Bombardier*, pour lesquels il a obtenu un prix Gémeaux en 1992, ainsi que ceux des *Orphelins de Duplessis*.

Si Jacques Savoie aime tant écrire et raconter des histoires, c'est sûrement pour le plaisir de nous faire vivre plein d'émotions au coeur de son petit monde inventé. *Les cachotteries de ma soeur* est le quatrième roman jeunesse qu'il publie à la courte échelle.

Geneviève Côté

Geneviève Côté a toujours dessiné. Déjà, à quatre ans, elle s'inventait des histoires pour le simple plaisir de les illustrer. Décidant d'en faire son métier, elle a étudié le design graphique à l'Université Concordia, à Montréal.

Aujourd'hui, on peut voir ses illustrations dans plusieurs journaux et magazines, comme *La Presse*, *L'actualité* et *Châtelaine*. Depuis le début de sa carrière, elle a reçu plusieurs prix dont, en 1993, le Grand prix d'illustration de l'Association québécoise des éditeurs de magazines, ainsi que la médaille d'or du Studio Magazine.

Les cachotteries de ma soeur est le quatrième roman qu'elle illustre à la courte échelle.

Du même auteur, à la courte échelle

Collection Roman Jeunesse

Jacques Savoie
LES CACHOTTERIES DE MA SOEUR

Illustrations
de Geneviève Côté

la courte échelle
Les éditions de la courte échelle inc.

Les éditions de la courte échelle inc.
5243, boul. Saint-Laurent
Montréal (Québec) H2T 1S4

Conception graphique:
Derome design inc.

Révision des textes:
Lise Duquette

Dépôt légal, 2e trimestre 1997
Bibliothèque nationale du Québec

La courte échelle est inscrite au programme de subvention globale du
Conseil des Arts du Canada et bénéficie de l'appui de la SODEC.

Données de catalogage avant publication (Canada)

Savoie, Jacques

   Les cachotteries de ma soeur

   (Roman Jeunesse; RJ 66)

   ISBN 2-89021-289-0

   I. Côté, Geneviève. II. Titre. III. Collection.

PS8587.A388C32   1997   jC843'.54   C96-941434-X
PS9587.A388C32   1997
PZ23.S28Ca   1997

À Pascale

Chapitre I
Bon anniversaire!

Ce n'est pas tous les jours qu'on a neuf ans. En tout cas, moi, c'était la première fois! Et pour l'occasion, Dominique, ma mère, avait décidé d'organiser une grande fête.

— Adèle, m'a-t-elle demandé l'autre matin au petit déjeuner, j'aimerais que tu me prépares une liste d'invités. Tes meilleurs amis de l'école, tes copains et tes copines du quartier.

J'ai tout de suite accepté. Depuis quelque temps, un projet me trottait dans la tête. Avoir des amis à la maison serait l'occasion rêvée de le mettre à exécution. Parce qu'il faut le dire, j'avais décidé de faire fortune. À neuf ans, il n'était pas encore trop tard pour devenir riche.

— N'invite pas trop de monde, a lancé Charlie, avant de partir pour l'école. L'année dernière, il y avait tout le quartier.

— Moi, je veux bien aider, a renchéri

ma soeur Caroline, pourvu que ce soit jeudi. J'ai des activités tout le reste de la semaine.

C'est souvent comme ça, chez moi. Étant la petite dernière, j'ai droit aux commentaires de Charlie, mon demi-frère. Quant aux horaires de Caroline, on n'a qu'à s'en accommoder. Elle passe avant tout le monde parce qu'elle est la plus vieille. Mais avec le projet que j'avais en tête, tout cela allait changer!

— Attendez seulement après mon anniversaire, les ai-je prévenus. Plus rien ne sera pareil!

Je m'en frottais déjà les mains. Quand j'aurais fait fortune, Charlie se tournerait la langue trois fois dans la bouche avant de dire des sottises. Et Caroline arrêterait de nous ennuyer avec tous ses rendez-vous. Sans parler de ces choses mystérieuses qu'elle écrit sans cesse dans son journal intime.

— Pas plus d'une dizaine d'enfants, a suggéré Jean-Philippe, mon père, en montant dans la voiture.

— Tu sais comme on travaille fort en ce moment, a ajouté Dominique. Une belle petite fête pas trop compliquée. Tu es d'accord, ma belle Adèle?

J'avais envie de hurler dans la voiture, en route vers l'école. C'est toujours ainsi lorsqu'on est la cadette dans une famille. Même à son anniversaire, il ne faut pas exagérer. Pas plus de dix enfants! On travaille tellement fort, en ce moment! Le jeudi de préférence, parce que j'ai des activités les autres jours! Mais, dans ma tête, je leur préparais déjà une surprise de mon cru.

En revenant de l'école, j'ai posé un petit bout de papier sur le coin de la table. Comme tout le monde était à son affaire, j'ai annoncé que le jeudi serait un jour idéal pour cette petite fête. Ma mère m'a fait un câlin en me disant que j'étais bien raisonnable, puis elle s'est exclamée:

— Trois enfants! Tu as invité seulement trois enfants à ton anniversaire?

— Ouais! ai-je répondu fièrement. Mais pas n'importe lesquels!

Elle n'en croyait pas ses yeux, ma mère. Caroline non plus, d'ailleurs. Elles se sont parlé à l'oreille, l'air de regretter ce qu'elles avaient dit le matin, puis elles ont bafouillé:

— Peut-être as-tu mal compris. On ne voulait pas...

— Non, non! Je veux seulement trois personnes à mon anniversaire, ai-je insisté.

Caroline était dans ses petits souliers:

— Écoute, ce n'est pas obligatoire que ce soit jeudi. Je pourrais sûrement m'arranger. Mercredi et vendredi, je devais aller à la bibliothèque avec Jean. Mais je pourrais remettre ça.

— Non, non, ce sera jeudi. Et avec trois invités! Ce n'est pas la quantité qui compte, leur ai-je rappelé en regagnant ma chambre. C'est la qualité!

J'étais assez contente de mon coup. À voir la tête de Dominique, il était bien évident que j'avais marqué un point. Quant à Caroline, qui multipliait les rendez-vous avec Jean, son amoureux, elle s'apercevrait peut-être qu'il n'y avait pas que lui dans la vie.

À peine avais-je fermé la porte de ma chambre et déniché ma poupée Maryse, cachée sous le lit, que Charlie s'est amené. Il tenait la liste de mes trois invités dans ses mains et ne semblait pas y croire:

— Et Louise, ta meilleure copine? Elle ne viendra pas à ton anniversaire? Là, il faut que tu m'expliques.

— Elle n'est pas assez riche!

— Riche? s'est-il exclamé. Et Julien, le petit garçon qui habite au bout de la rue, tu l'as oublié, lui aussi?

— Je ne l'ai pas oublié. Ce n'est pas cette «sorte» de gens que j'ai invités à ma fête.

— «Sorte»?

Il n'y comprenait rien, le pauvre! D'ailleurs, ce n'était que dans ces cas-là qu'il s'intéressait à moi. Autrement, Charlie passait tout son temps devant l'ordinateur, dans le bureau de Jean-Philippe. Sa grande passion, ces jours-ci, c'était de «naviguer» avec une petite Allemande du nom de Heïdi dans Inter-Réseau.

— Jean-Baptiste de la Ferblantière, murmurait mon demi-frère, en relisant le bout de papier. C'est qui, celui-là?

— Un garçon de mon école. Je ne le connais pas tellement... son père est banquier.

— Godefroy de Ronceray? sourcilla encore Charlie.

— Lui, c'est un Français. Son père est ambassadeur. Ils sont riches, eux.

Il me regardait sans trop saisir où je voulais en venir.

— Benedict Gardener Jones?

— C'est un Américain. Son papa est encore plus riche que les deux autres parce qu'il est président de quelque chose. Ses parents veulent qu'il apprenne le français et ils l'ont mis dans ma classe.

Charlie était venu en espion, de toute évidence. Après avoir appris qui étaient mes trois invités, il est reparti en hochant la tête. En fait, il allait tout raconter à Dominique et à Caroline. Je n'avais pas besoin d'être dans la cuisine pour le savoir. Ils chuchotaient si fort, tous les trois, que le bruit se rendait jusqu'à ma chambre.

Lorsqu'on s'est retrouvés autour de la table, ce soir-là, tout le monde ne pensait qu'à Jean-Baptiste de la Ferblantière, à Godefroy de Ronceray et à Benedict Gardener Jones. Ces noms étaient sur toutes les lèvres, mais personne n'osait les prononcer. Au bout du compte, c'est Jean-Philippe qui m'a demandé d'un air distrait:

— Ma belle Adèle, il paraît que tu t'es fait de nouveaux copains à l'école?

— De nouveaux amis? lui ai-je répondu, le plus sincèrement du monde. Non. Pas du tout!

— Ah bon! s'est-il étonné. J'ai vu la liste des invités pour ton anniversaire. Il y a le petit de la Ferblantière, dont le père est banquier, Godefroy de Ronceray, le fils de l'ambassadeur, et le troisième... le petit Gardener Jones.

— Son père est un président très très riche, a précisé Charlie.

— Oui, oui, ce sont bien eux, mes invités. Mais ils ne sont pas mes amis.

Quatre paires d'yeux se sont braquées sur moi. Comme si je venais de dire la pire bêtise de ma vie.

— Tu as invité ces trois jeunes garçons à ton anniversaire et ils ne sont pas tes amis? a balbutié mon père.

— Oui, c'est ce que j'ai fait. Parce qu'ils sont riches, qu'ils vont me donner de très gros cadeaux... et que je vais devenir aussi riche qu'eux!

Chapitre II
Les secrets de Caroline

Dominique a passé une partie de la semaine au téléphone, à discuter avec un ambassadeur, un banquier et un président de compagnie, pour inviter leur fils à l'anniversaire d'Adèle. Elle ne fait jamais rien comme les autres, ma petite soeur.

Lorsque le jeudi, après l'école, une limousine blanche s'est pointée devant notre maison, ma mère, affolée, s'est mise à crier dans la cuisine:

— Charlie, tu n'irais pas ouvrir? Ce sont les petits copains d'Adèle qui arrivent.

Je me suis précipité vers la porte, pendant que Dominique et Caroline finissaient de mettre la table, de gonfler les ballons et d'accrocher les guirlandes. Adèle faisait sa toilette dans sa chambre et, pendant quelques secondes, j'ai admiré la longue voiture blanche.

Comme personne n'en sortait, j'ai

attendu pour voir lequel des trois million-
naires de ma petite soeur allait en descendre.

— C'est bien ici, la fête? s'est enquis
Jean-Baptiste de la Ferblantière, en passant devant le chauffeur qui venait de lui
ouvrir.

Il tenait un tout petit cadeau dans ses
mains. Une minuscule boîte recouverte
d'un papier bleu et surmontée d'une bou-
cle rose.

— Oui, oui, tu es au bon endroit. Adèle
est là.

Jean-Baptiste, qui avait le teint pâle et
portait une cravate rouge, m'a suivi sans
dire un mot. Au moment d'entrer dans la
maison, toutefois, son chauffeur, toujours
posté devant la voiture, l'a prévenu:

— Vous n'oubliez pas, monsieur. Une
heure. Seulement une heure. Je vous at-
tends.

— Ça devrait suffire, lui a répondu le
fils du banquier, sans se retourner.

Louise et Julien, les deux meilleurs
amis d'Adèle, se sont amenés, alors qu'une
voiture noire s'arrêtait devant la maison.
J'allais accueillir Godefroy de Ronceray,
le fils de l'ambassadeur, lorsqu'ils m'ont

demandé, en choeur:

— Charlie! Veux-tu bien nous dire ce qui se passe ici?

— C'est l'anniversaire d'Adèle.

— L'anniversaire d'Adèle, et on n'a pas été invités, se sont-ils lamentés.

— Elle vous expliquera, ma petite soeur. Elle a un plan.

Le jeune de Ronceray était incroyablement timide. Il regardait constamment par terre, il n'arrêtait pas de s'excuser et vraiment, pour un millionnaire, il faisait pitié. Son chauffeur, aussi pressé que le premier, annonça qu'il serait de retour dans une heure. Godefroy s'est contenté de secouer la tête. Puis, il m'a avoué d'un air piteux:

— Mes parents sont partis en voyage, ce matin. On n'a pas eu le temps d'acheter un cadeau!

— Ça ne fait rien, ai-je dit en lui donnant une tape sur l'épaule. Ce qui compte, c'est que tu sois là.

Il avait l'air franchement désolé de venir à la fête les mains vides, Godefroy. J'ai tout de suite vu que c'était un bon gars, quelqu'un qui ne jetait pas de la poudre aux yeux, même si son père était ambassadeur. Je lui ai ouvert la porte et lui ai montré le chemin, pendant que Louise et Julien me faisaient signe:

— Qu'est-ce qui lui prend, à ta soeur? Elle est tombée sur la tête? Nous sommes ses meilleurs amis et elle ne nous invite pas!

— Si j'étais à votre place, je ne m'inquiéterais pas trop, les ai-je rassurés. À mon avis, elle va avoir une grosse grosse surprise!

Et je ne me trompais pas. Ce jour-là, nous avons assisté à la fête la plus triste qu'on ait vue depuis des lunes.

Oh! bien sûr, il y avait des ballons, des guirlandes et du gâteau! Mais tout le reste manquait! À commencer par Benedict Gardener Jones. Le fils du président d'on ne sait trop quoi, qui apparemment était le plus riche des trois, a téléphoné un peu avant dix-sept heures pour dire qu'il ne viendrait pas.

— Puisque c'est comme ça, s'est consolée Adèle, peut-être qu'on pourrait ouvrir les cadeaux?

Godefroy de Ronceray allait passer sous la table tellement il était gêné. Ma mère, qui avait tout vu, a vite emballé un cadeau qu'elle avait acheté et l'a refilé au jeune garçon. Godefroy l'a donné à Adèle. Ma demi-soeur a regardé ces crayons de couleur sans s'émouvoir, puis elle s'est tournée vers le minuscule cadeau de Jean-Baptiste de la Ferblantière:

— Je l'ai fait moi-même, nous a annoncé celui-ci. Ou plutôt, je l'ai prise moi-même.

Ma soeur n'en croyait pas ses yeux. C'était une photo. La photo d'un chien, coincée dans une petite boîte de carton gris.

— Il s'appelle Gustave, lui a dit fièrement le garçon. J'étais certain que ça te ferait plaisir.

Adèle n'en revenait pas. Elle regardait les crayons de couleur d'un côté... et la photo du chien de l'autre. C'était une farce! Quelqu'un lui jouait un mauvais tour! Elle allait s'en plaindre, lorsque Caroline est entrée dans la cuisine, l'air énervée.

— Excusez-moi, je... a-t-elle lancé. Dominique, est-ce que tu pourrais venir? Il faut que je te montre quelque chose!

Intriguée, ma mère l'a rejointe sur le seuil de la porte. Elles ont échangé quelques mots à voix basse.

— Va dans les toilettes, j'arrive dans deux secondes, lui a soufflé Dominique.

Adèle n'avait rien manqué de ce petit manège, et quand notre mère est passée par sa chambre avant d'aller retrouver

Caroline, elle a quitté la table en faisant toute une histoire.

— C'est MON anniversaire! Pourquoi Dominique s'occupe-t-elle toujours de Caroline? Ce n'est jamais mon tour, ici. C'est incroyable!

Une voiture se mit alors à klaxonner devant la maison. Par la fenêtre, je vis la limousine blanche de Jean-Baptiste de la Ferblantière. Le chauffeur s'impatientait et le jeune garçon consulta sa montre:

— Je vais devoir partir.

Godefroy de Ronceray, qui commençait à se dégêner et semblait trouver ma petite sœur de son goût, se leva lui aussi, comme si le signal avait été donné.

— C'est très gentil de m'avoir invité, mais je vais devoir partir.

Adèle n'écoutait pas. Elle n'en avait que pour Dominique qui revenait de sa chambre avec un petit paquet bleu pâle dans la main. Un cadeau peut-être. Un cadeau-surprise qu'elle dissimulait discrètement derrière son dos.

— Au revoir, Charlie, me lança Jean-Baptiste de la Ferblantière, avant de s'approcher de ma sœur et de l'embrasser sur la joue.

— Et bonne fête, Adèle!

Godefroy de Ronceray a fait de même et, trente secondes plus tard, les deux limousines s'éloignaient dans la rue. Les yeux braqués sur les toilettes, Adèle était dépassée. Quelles étaient donc ces cachotteries que lui faisaient Caroline et Dominique?

— Incroyable! C'est le jour de mon anniversaire et ma grande soeur reçoit le plus gros cadeau! Tu as vu le paquet bleu? Il est trois fois plus gros que la boîte que j'ai reçue avec la photo du chien! Ce n'est pas juste, ça!

Elle était déçue, la pauvre Adèle. Et, pis encore, personne ne lui avait chanté «Bon anniversaire»! Alors, pour l'encourager, je lui ai dit:

— Il ne faut pas t'en faire! On ne devient pas riche du jour au lendemain!

Et comme si elle n'attendait que cette

remarque, elle s'est retournée et m'a annoncé, plus décidée que jamais:

— Eh bien, tu te trompes! D'ici la fin de la semaine, je serai riche. Après ça, on s'occupera peut-être de moi, ici.

Chapitre III
La vente-débarras

Le samedi est un jour idéal pour faire fortune. C'est ce jour-là que Dominique et Jean-Philippe font les courses. Et depuis quelque temps, Caroline a l'habitude d'aller prendre l'air avec son ami Jean au parc. Comme c'est Charlie qui me garde, autant dire que je peux faire ce que je veux.

— Adèle, m'a demandé mon amie Louise alors que je m'installais derrière ma table, est-ce que tes parents sont au courant que tu fais une vente-débarras?

— C'est une surprise, lui ai-je répondu. Mais ils vont être très contents. Il y a trop de choses dans notre maison. Dominique le dit toujours: un ménage, ça fait du bien!

Je m'étais levée très tôt pour préparer cette grande vente.

Alors que tout le monde vaquait à ses occupations, j'ai traîné une table jusque devant le garage des Gagnon. C'est l'endroit le plus passant de notre quartier. Ensuite, j'y ai apporté une boîte de carton dans laquelle j'avais entassé plein de choses. Des objets qu'on avait assez vus dans notre maison.

— Il est à vendre, ce livre-là? s'est renseignée Louise, tout intéressée.

— Oui, oui! C'est le journal intime de Caroline. Pour toi, je ferais un bon prix. Cinquante cents!

— Mais, Adèle, tu ne peux pas vendre le journal de ta soeur! a protesté Julien en s'approchant.

— De toute façon, elle est toujours avec son ami Jean, lui ai-je expliqué. Et puis elle a des tas de secrets avec ma mère. Je suis sûre qu'elle n'en veut plus de son journal.

— Moi, je l'achèterais, pour cinquante cents, m'a aussitôt annoncé Louise. Je veux justement commencer un journal. J'aimerais voir comment on fait.

À peine ma vente-débarras était-elle commencée que déjà les objets s'envolaient. Louise est vite allée chez elle chercher de l'argent dans sa tirelire. Pendant ce temps, Julien m'a aidée à vider la boîte que j'avais préparée. En voyant l'ordinateur portatif de Jean-Philippe, il s'est exclamé:

— Wow! C'est à vendre, ça?

— Oui, oui! De toute façon, il a un gros ordinateur dans son bureau, Jean-Philippe. Il n'en a pas besoin de deux!

— Il y a sûrement des jeux dans ce machin-là?

— Je crois que oui, lui ai-je répondu.

— Et tu le vends combien?

— Pour toi, parce que tu es un ami... disons que... cinq dollars!

Julien m'a fait promettre de ne pas vendre l'ordinateur avant qu'il soit de retour. Et lui aussi est vite parti chercher de l'argent dans son cochon! Pendant ce temps, Louise revenait avec les cinquante cents. Je lui ai remis le journal de Caroline et on a continué à vider la boîte.

— Dis donc, il est beau ce collier!

— C'est à maman! Elle ne le porte jamais. Elle le trouve trop chic.

— C'est vrai qu'il est très brillant.

— Peut-être... mais les choses qu'on ne met pas, ce n'est pas la peine de les garder.

— Et les patins à roulettes! Ils sont tout neufs!

— Oui, lui ai-je dit. Papa les a achetés à Charlie la semaine dernière et ils lui font mal aux pieds. On ne garde pas les choses qui nous font mal aux pieds.

Au bout d'une demi-heure, la table était recouverte d'objets devant l'entrée des Gagnon, au coin de notre rue. Et le mot faisait déjà le tour du quartier. La plus belle vente-débarras de la saison battait son plein. Et c'était grâce à moi, Adèle!

— Wow! C'est fantastique! s'est exclamé Jean-Frédéric, en voyant un paquet de cassettes, dont au moins trois du groupe Metallica. Ça aussi, c'est à vendre?

— Oui, oui, vingt-cinq cents chacune. Et j'ai un service «mise de côté», le temps que tu ailles chercher ton argent.

Comme les autres, il est parti à toutes jambes. Il est revenu avec ses économies et m'a acheté la collection de cassettes de Charlie. Même chez les adultes, ma vente-débarras avait un succès fou.

— Tu es certaine que ta maman sait que tu vends ce vase? s'est inquiétée madame Gagnon.

Elle était venue voir ce qui se passait devant sa maison et n'en revenait pas, elle non plus.

— Oui, oui, l'ai-je rassurée. Ça fait au moins cinq ans qu'il est sur la table du salon et que plus personne ne le regarde.

C'est ça, une vente-débarras. Jean-Philippe l'a dit l'autre jour: il faut se débarrasser des choses qu'on a en trop.

— Il est combien, ce vase?

— Pour vous, madame Gagnon? Un dollar.

Elle a froncé les sourcils en entendant mon prix. Mais elle a mis la main dans sa poche et m'a donné l'argent. Ce qui ne l'a pas empêchée de dire:

— Adèle, tu es certaine que ta maman est au courant? Qu'elle sait que tu vends tout ça?

Il y avait tant de monde autour de la table que je n'ai pas eu le temps de lui répondre. Mathilde voulait avoir la grande affiche de Roch Voisine, celle que j'avais prise dans la chambre de Caroline. Je la lui ai laissée pour dix cents.

— Et le cerf-volant? s'est informé Martin.

— Pour toi, vingt-cinq cents!

Charlie ne s'en apercevrait pas. Jamais il ne l'avait fait voler depuis qu'il l'avait reçu en cadeau pour son anniversaire. Un cerf-volant accroché au plafond d'une chambre, c'est complètement inutile.

— Il faudrait peut-être en parler à tes

parents, a murmuré madame Gagnon en s'éloignant vers sa maison.

Je n'ai pas essayé de l'en dissuader tellement ma vente-débarras remportait de succès. C'est un garçon d'un autre quartier qui a acheté le baladeur de ma mère... pour deux dollars. La grande sœur de Julien est repartie avec le téléphone sans fil. Louise voulait que je lui fasse cadeau d'une règle de géométrie que Caroline n'utilisait plus.

Enfin, c'est le père de Daniel qui a acheté la statuette africaine de Jean-Philippe.

— Un dollar pour une sculpture comme ça? s'est-il étonné. C'est vraiment une aubaine!

Lorsque Jean-Philippe et Dominique sont revenus, j'ai vu la voiture s'arrêter devant la maison et ma mère en descendre, un sac d'épicerie dans les mains. Le téléphone devait sonner. Elle a posé le sac par terre et s'est ruée à l'intérieur pour répondre.

J'étais loin de me douter que c'était madame Gagnon qui lui téléphonait. Elle était dans son salon et admirait le vase que je lui avais vendu. Quelque chose la tracassait dans cette affaire et elle voulait absolument en parler à ma mère.

— Il ne te reste plus rien à vendre? m'a demandé mon amie Louise, en regardant la table vide.

Je lui ai fait signe que non, en contemplant ma fortune. Il ne s'était écoulé qu'une seule petite heure et j'avais amassé la somme colossale de vingt-quatre dollars et soixante-quinze sous.

Au moins huit semaines d'allocation... tout ça pour débarrasser notre maison de quelques vieilleries. Pas mal, hein?

Chapitre IV
Le remboursement

Caroline pleurait dans les toilettes. La disparition de son journal intime l'avait bouleversée. Dominique était venue la rejoindre et cherchait à la consoler.

— On va le retrouver, ton journal. Ne t'inquiète pas. Jean-Philippe s'en occupe.

Adèle était allée se coller l'oreille à la porte et se demandait pourquoi tant de choses se passaient dans la salle de bains, ces derniers temps.

— On fait de l'espionnage, maintenant? lui ai-je demandé, en m'approchant.

— Charlie! a-t-elle sursauté.

De l'autre côté, notre grande soeur ravalait ses larmes. On pouvait entendre le bruit d'un objet que l'on déballe. Probablement un petit paquet bleu pâle, semblable à celui que ma mère lui avait donné, le jour de l'anniversaire d'Adèle.

— Essuie tes larmes et viens, disait encore Dominique. On va régler cette histoire de vente-débarras avec ta petite soeur. Je suis sûre que Louise va te redonner ton journal intime. Ça va s'arranger, tu verras.

Adèle n'en pouvait plus de ces secrets que partageaient sa grande soeur et sa mère. Pourquoi Caroline était-elle à fleur de peau et pas elle? Pourquoi tous ces mystères? Jean-Philippe, qui venait de raccrocher le téléphone, lança alors de la cuisine:

— Adèle! Viens, maintenant!

Conseil de famille! On s'est retrouvés tous les cinq dans la cuisine et la pauvre Adèle n'en menait pas large.

Jean-Philippe et Dominique cherchaient à rester calmes. Caroline la fusillait littéralement du regard et j'avais du mal à ne pas rire... même si j'avais perdu pas mal de choses dans cette affaire. En plus de mon cerf-volant et de mes patins à roulettes alignées, ma collection de cassettes avait disparu, y compris mes trois Metallica préférées!

— Madame Gagnon m'a tout raconté, grondait mon père. Elle m'a dit ce qui s'est passé devant sa maison, ce matin. Elle s'en vient, d'ailleurs, nous rapporter le vase du salon que tu lui as vendu.

— Ce n'était pas pour mal faire, se défendait Adèle. C'est toi, l'autre jour, qui as dit qu'il faut se débarrasser des choses dont on n'a plus besoin. Si, en plus, on peut faire fortune!

— Qu'est-ce que c'est que cette histoire de fortune? s'est impatientée Dominique, pendant que Caroline se remettait à pleurnicher.

— Mon journal intime! Des choses dont on n'a plus besoin? Es-tu tombée sur la tête, Adèle?

— Maintenant que tu passes tout ton temps avec Jean, j'ai pensé que...

Ma grande soeur n'en croyait pas ses oreilles! Qu'est-ce qu'elle ferait encore, cette petite diablesse d'Adèle, pour attirer l'attention?

— De toute façon, il faut régler le problème! a lancé Jean-Philippe. Adèle, viens avec moi. On va faire le tour du quartier. Ce n'est pas compliqué, on doit racheter tout ce que tu as vendu!

— Avec quel argent? a-t-elle demandé.

— Avec ta fortune de vingt-quatre dollars et soixante-quinze sous, a tranché Dominique.

Je les ai suivis dans la rue parce que je trouvais cela trop drôle. Habituellement, c'est moi qui fais ce genre de bêtise. Cette fois, pourtant, Adèle battait tous les records.

— Charlie, je te défends de rire.

— Mais je ne ris pas!

Au début, cela s'est plutôt bien passé. Louise a remis le journal intime et la règle de géométrie de ma grande soeur sans faire trop de chichi. J'ai vite couru à la maison pour les rendre à Caroline.

Quand je suis revenu dans la rue, les choses s'étaient passablement compliquées. Julien, le copain de ma petite soeur, s'accrochait désespérément à l'ordinateur. Il refusait de le revendre et mon père n'en revenait pas qu'Adèle lui ait chipé l'appareil sans qu'il s'en aperçoive.

— Il faut que tu me dises tout ce que tu as vendu, suppliait Jean-Philippe. Tu te rends compte, il vaut une fortune, cet ordinateur!

— Je nous ai débarrassés du collier de maman. Celui qui brille beaucoup et qu'elle ne porte jamais!

Il était horrifié, mon père. Et pour que les choses se passent bien, pour parvenir à tout récupérer, il offrait le double et le triple des montants qu'Adèle avait obtenus. Comme une vente-débarras à l'envers! La nouvelle a vite fait le tour du quartier. À la fin de l'après-midi, les enchères avaient monté:

— Cinq dollars pour l'affiche de Roch Voisine?! a protesté Jean-Philippe.

— Mais c'est une grande vedette, a argumenté Mathilde, qui avait acheté l'affiche pour dix cents.

Le rachat du collier de pierres précieuses fut la plus délicate des opérations. La petite Julie l'avait mis autour du cou de sa poupée et ne voulait plus s'en défaire. À moins de dix dollars, pas question de le rendre.

Jean-Philippe dut également payer cinq dollars pour mes patins à roulettes alignées et trois dollars pour le téléphone sans fil. Le baladeur de Dominique était disparu à jamais, emporté par un garçon d'un quartier voisin que personne ne connaissait.

Lorsque j'ai rapporté tout ce butin à la maison, le portefeuille de Jean-Philippe était vide et Adèle était dans ses petits souliers.

— Il est gentil le père de Daniel, disait-elle, comme pour s'excuser. Il a redonné la statuette africaine sans demander d'argent.

— Heureusement! grognait mon père. Parce que, pour le reste, j'ai payé l'équivalent de ton allocation... pour les vingt prochaines semaines!

Adèle n'était pas certaine de comprendre. Allocation? Pour les vingt prochaines semaines? En rentrant à la maison, elle dénicha un bout de papier et un crayon, s'installa dans un coin et fit des calculs.

Son allocation était de trois dollars par semaine. Si l'on calculait sur vingt semaines, cela faisait... soixante dollars!

— Exactement! lança Jean-Philippe, en la regardant d'un air exaspéré. C'est ce que m'a coûté ta vente-débarras. Et avec ça, tu vas me faire le plaisir d'aller réfléchir dans ta chambre.

Pauvre Adèle! Elle avait la mine bien basse en s'éloignant dans le corridor sans dire un mot. Deux jours plus tôt, elle m'avait annoncé qu'elle ferait fortune avant la fin de la semaine. Elle aurait sûrement besoin d'un peu plus de temps!

Chapitre V
Un coup de fil
de l'ambassade

Dans les jours qui ont suivi, la vente-débarras d'Adèle a été le grand sujet de conversation dans notre quartier. Il suffisait que je mette le pied dehors pour que quelqu'un me lance:

— Eh! Charlie! Quand est-ce que ta sœur Adèle organise une autre vente?

Pendant quelque temps, elle n'a plus parlé de faire fortune. Elle s'est retranchée dans sa chambre et a réfléchi à ses vingt semaines d'allocation perdues. Mais je la connaissais bien, la petite! Lorsqu'elle avait une idée dans la tête, elle ne l'avait pas dans les pieds.

Pour une raison que j'étais incapable d'expliquer, j'étais certain qu'elle recommencerait. Elle attendrait simplement le moment propice. L'occasion s'est d'ailleurs présentée sous la forme d'un coup de fil. Un drôle de coup de fil qu'on a reçu une semaine plus tard, après l'école:

— Oui, bonjour, ai-je répondu.

L'interlocutrice m'avait l'air tout ce qu'il y a de plus sérieux. Sur un ton très officiel, elle m'a demandé mon nom.

— C'est Charlie.

— Bon! J'appelle de l'ambassade, m'a dit cette femme. J'aimerais parler à ta maman. Est-ce qu'elle est là?

— Non, malheureusement, elle travaille en ce moment. Est-ce qu'elle peut vous rappeler?

— Ce serait bien gentil. C'est au sujet de Godefroy, le fils de l'ambassadeur. Tu promets de faire le message, n'est-ce pas?

Plus tard, lorsque j'ai mentionné le coup de fil de l'ambassade, personne ne m'a cru. Personne à part Adèle, évidemment.

— Arrête de nous faire marcher, plaisantait Jean-Philippe. Pourquoi les gens de l'ambassade téléphoneraient-ils ici?

— Toujours aussi farceur, ce Charlie! a commenté Dominique.

Je leur ai donné le numéro de téléphone en disant qu'il s'agissait de la secrétaire de l'ambassadeur. Sans résultat. Je leur ai dit que c'était à propos de Godefroy, le petit garçon timide qui était venu à l'anniversaire d'Adèle; ils m'ont souri. Il n'y avait rien à faire, jusqu'à ce que le téléphone se mette à sonner, juste après le repas.

— Oui, bonsoir, a répondu Dominique, d'un air nonchalant.

Jamais je ne l'ai vue changer de ton aussi vite! Elle s'est passé la main dans les cheveux, s'est éclairci la voix et s'est mise à parler comme si elle passait à la télévision:

— Ah! Monsieur l'ambassadeur! Oui, oui, je vais très bien... Que me vaut... enfin... que nous vaut l'honneur?

Tous les yeux s'étaient tournés vers elle. Comme si elle ne tenait plus sur ses jambes, elle s'est appuyée au comptoir en répétant tout ce que l'ambassadeur lui disait:

— Ah! Votre petit Godefroy a beaucoup aimé qu'on l'invite à l'anniversaire d'Adèle. C'était tout naturel!

Ma petite soeur s'était redressée sur sa chaise. D'un seul coup, cet appel redorait son image après l'épouvantable vente-débarras.

— Depuis que Godefroy est né, vous avez déménagé cinq fois... Il a du mal à se faire des amis... Non, non, je comprends. Ça ne doit pas être facile. Il m'a semblé si timide... euh, enfin...

Dominique consultait mon père du regard. De toute évidence, elle n'était pas très à l'aise dans cette conversation. Mais Jean-Philippe, la main sur la bouche, faisait des efforts pour ne pas rire.

— Bien sûr, monsieur l'ambassadeur... Ah, vous préférez que je vous appelle Henri. Enfin, je ne sais pas si...

Caroline aussi était pliée en deux. Sa fragilité des semaines précédentes avait

complètement disparu. Elle regardait notre petite soeur comme si cette diablesse ne cessait jamais de l'étonner.

— Non, non. Je ne... enfin... nous ne voyons absolument aucun inconvénient à ce que les enfants jouent ensemble. Godefroy pourrait venir ici après la classe, demain...

Dominique avait la main sur le récepteur et s'était tournée vers Adèle pour voir ce que la principale intéressée en pensait:

— Ça te plairait de jouer avec Godefroy?

Adèle fit mine de réfléchir, puis annonça sur un ton qui nous prit tous de court:

— C'est lui qui est venu chez moi la dernière fois. Peut-être que je pourrais aller chez lui, maintenant?

Même si l'ambassadeur insistait pour qu'on l'appelle Henri, jamais Dominique n'oserait répéter les paroles d'Adèle.

— Vous pourriez envoyer le chauffeur la prendre, ânonna Dominique en blêmissant. Mais, euh... enfin, je ne sais pas si...

— Dis-lui que je suis d'accord, lança fièrement Adèle. Le chauffeur n'aura qu'à venir après l'école.

Dominique n'en revenait pas. Elle mit

la main sur le récepteur et chuchota en direction de Jean-Philippe:

— Qu'est-ce que je fais?

Mon père haussait les épaules, s'efforçant toujours de ne pas rire. À distance, on pouvait entendre la voix de l'ambassadeur dans le téléphone. Sur un ton très poli, il semblait insister.

— Eh bien... Écoutez, je n'ai... nous n'avons pas d'objection, bredouilla Dominique. Que les enfants jouent ici ou à l'ambassade... pourvu qu'ils s'amusent.

À l'autre bout du fil, le père du petit Godefroy semblait ravi. Il remerciait ma mère, alors que celle-ci se demandait toujours ce qui lui arrivait.

— Bonsoir, monsieur l'ambassadeur... je veux dire, Henri.

Adèle ne voulait pas l'avouer, mais cet appel était une chance inespérée. Depuis deux semaines, depuis sa dernière bêtise, elle se faisait toute petite dans son coin.

D'un seul coup, tout venait de changer. À commencer par son allocation. Jean-Philippe et Dominique ne la laisseraient jamais partir pour l'ambassade les mains vides. Elle n'aurait pas à attendre vingt semaines avant de recommencer à toucher ses trois dollars.

Le lendemain, après l'école, Adèle ressemblait à Cendrillon se préparant à aller au palais. Elle avait mis sa plus belle robe et attendait la voiture du père de Godefroy, comme si c'était naturel. Son tour était enfin arrivé! Ma demi-sœur était aux petits oiseaux lorsque la limousine s'est arrêtée devant notre maison. Avant d'y monter, d'ailleurs, elle s'est retournée pour me dire:

— Tu vois, Charlie, ça arrive quelquefois qu'on devienne riche du jour au lendemain.

Chapitre VI
L'argent ne fait pas le bonheur

Depuis une semaine, je vois Godefroy presque tous les jours. Le problème avec ce garçon, c'est qu'il est très ordinaire. Il n'a pas envie de faire fortune et ses parents ne sont même pas riches. Ils sont ambassadeurs, ils voyagent beaucoup, mais vraiment, il n'y a pas de quoi fouetter un chat.

— Est-ce que tu aimerais lire un livre avec moi, Adèle? m'a-t-il demandé hier après-midi, en arrivant. C'est l'histoire d'un Grec dans l'Antiquité. Il s'appelait Ulysse et il a fait un très long voyage.

Tu parles si j'avais envie de lire un livre à propos d'un vieux Grec antique qui a fait un voyage! Je n'ai pas changé d'idée, moi. Je veux toujours être riche. Et quand je le serai devenue, je ferai le tour de la terre. Et tout le monde voudra venir avec moi.

Il était un peu déçu, Godefroy. Surtout qu'il ne comprend pas pourquoi je tiens tellement à gagner beaucoup d'argent.

— La fortune, m'a-t-il expliqué, ce ne sont pas les sous qu'on a dans son porte-monnaie. C'est la richesse qu'on a dans son coeur.

Je n'ai pas très bien saisi ce qu'il voulait dire. De toute façon, j'ai autre chose à faire. Une idée me trotte dans la tête depuis quelques jours. Un plan qui devrait marcher, cette fois!

Godefroy s'est assis au salon et il a lu son livre. Moi, j'ai commencé à imaginer mon plan. J'allais d'ailleurs lui en parler, lorsque Charlie est revenu de l'école. Voyant mon nouveau copain tout seul dans son coin, il lui a tout de suite proposé:

— Godefroy! Ça ne te tenterait pas de venir naviguer avec moi sur Inter-Réseau?

Il n'a fait ni une ni deux, le fils de l'ambassadeur. Posant le livre d'Ulysse sur la table à café, il s'est précipité dans le bureau de Jean-Philippe.

Au début, quand j'allais à l'ambassade pour jouer avec mon nouvel ami, tout le monde était impressionné à la maison. On s'apercevait enfin que j'existais. Puis, l'autre jour, le papa de Godefroy est venu le chercher après son travail. C'est un homme très gentil, monsieur de Ronceray.

Mais lui aussi, il est plutôt ordinaire. Un ambassadeur ordinaire.

— Quand je repasserai, a-t-il promis à Jean-Philippe, j'apporterai une petite bouteille de rouge. J'en ai quelques-unes qui ne sont pas mal du tout. Nous pourrons sympathiser.

Hier, c'est madame de Ronceray qui est passée prendre son fils. Elle ne connaît personne ici. Ils ont déménagé depuis quelques mois seulement. Et comme elle s'ennuie, elle est restée un long moment à discuter avec Dominique. Après son départ, j'ai parlé à ma mère:

— Franchement, je trouve que tu exagères! Godefroy, c'est mon ami! Je ne comprends pas pourquoi tout le monde veut absolument me les enlever, lui et ses parents.

Ça l'a fait rire, Dominique. Encore une fois, elle ne m'a pas prise au sérieux. Alors, lorsque Godefroy est arrivé à la maison aujourd'hui, je l'ai tout de suite informé de mon projet.

Pour faire fortune, j'ai l'intention d'ouvrir un zoo. Tous les enfants aiment les zoos, et s'il y en avait un dans le quartier, ça marcherait très fort. Un truc formidable, lui ai-je dit. Un projet qu'on pourrait réaliser, seulement lui et moi!

— Pourquoi veux-tu tellement faire fortune? L'argent ne fait pas le bonheur.

— Ce n'est pas le bonheur qui m'intéresse! me suis-je exclamée. Je veux seulement qu'on me prenne au sérieux. Avec beaucoup d'argent, je suis sûre que ça va marcher!

— Sauf que les gens qui sont très riches ne rient jamais.

— Tant pis! Je ne rirai plus!

— Mais Adèle, c'est toi qui seras perdante. Les gens qui ne rient pas ne sont pas des gens sérieux.

On n'a jamais raison avec Godefroy. C'est parce qu'il a lu beaucoup de livres, je crois. Ou bien qu'il est trop ordinaire pour comprendre mes idées géniales. Ça ne fait rien. J'ai décidé de faire fortune sans lui.

De toute façon, il a l'air de bien s'entendre avec Charlie. Après avoir poliment écouté mon histoire de zoo, il est vite allé rejoindre mon frère dans le bureau de Jean-Philippe.

Je n'étais pas au bout de mes peines. Après le travail, monsieur l'ambassadeur et sa femme sont venus ensemble chercher leur fils. Ils conduisaient eux-mêmes leur voiture et ils avaient apporté une bouteille de vin. Inutile de raconter la suite. Jean-Philippe et Dominique étaient tout contents de les voir. Et ils sont restés à manger.

Cette fois, vraiment, ça dépassait les bornes! Non seulement plus personne ne s'occupait de moi, mais ils avaient tous l'air de s'amuser. Alors, je me suis tournée vers Caroline parce qu'il ne me restait plus qu'elle. Je l'ai trouvée dans sa chambre en train d'écrire dans son journal intime.

— De quoi parles-tu quand tu gribouilles là-dedans?

— Ça dépend des jours. En ce moment,

je raconte ce que ça me fait de devenir une femme.

Elle a prononcé ces mots avec un grand sourire accroché au visage. Je n'étais pas certaine de la comprendre. Pour moi, Caroline avait toujours été une femme. Je ne l'avais jamais connue en garçon!

— Non, ce n'est pas cela, m'a-t-elle expliqué. Au début, on est une fille, comme toi. Ensuite, à l'adolescence, il y a quelque chose qui change. Tous les mois, on se transforme un peu. Et puis on devient une femme.

— Et les garçons, eux? Ils sont toujours des garçons?

— Parfois, on dirait bien que oui!

Caroline se retenait pour ne pas rire.

— Mais certains d'entre eux parviennent quand même à devenir des hommes. Sauf que ça ne se passe pas tout à fait comme pour nous.

Je ne comprenais rien à rien! De qui se moquait-elle au juste? Et pourquoi ce sourire sur ses lèvres?

— C'est quoi la façon des garçons? l'ai-je questionnée.

Ma grande sœur s'est mise à rougir. Encore un autre secret dont elle ne voulait

pas me parler! Une autre de ces histoires qu'elle ne partageait qu'avec Dominique.

— Tu demanderas à maman...

C'est alors seulement que j'ai remarqué cette boîte, sur la commode tout près de son lit. Elle était entrouverte et j'ai bien vu qu'elle était pleine de cadeaux. Pleine de petits paquets bleu pâle, comme celui que Dominique lui avait donné le jour de mon anniversaire.

C'est toujours pareil, ai-je pensé. Caroline reçoit des cadeaux de Dominique. Elles partagent des tas de secrets ensemble, et moi, on ne me dit rien!

Caroline s'est remise à son journal intime. Les histoires de «filles» et de «femmes» étaient peut-être plus faciles à écrire qu'à raconter à sa petite soeur.

Devant l'ordinateur, dans le bureau de Jean-Philippe, Godefroy et Charlie étaient rendus en Allemagne. Mon demi-frère passe son temps à «naviguer» avec Heïdi, la petite Allemande. Et ce n'était pas tout. Dans la cuisine, mes parents rigolaient comme des bons avec monsieur l'ambassadeur et sa femme. Quand même injuste, la vie! Alors je me suis dit:

— Ma pauvre Adèle, la preuve est faite! Tant que tu ne l'auras pas amassée, cette grande fortune, personne ne s'occupera de toi. Personne ne te verra dans cette maison.

Chapitre VII
Le journal intime

C'est immanquable! Chaque fois que j'écris deux mots dans mon journal, chaque fois que je me retranche dans ma chambre pour rassembler mes idées, Adèle rapplique:

— Qu'est-ce que tu racontes encore dans ce cahier, Caroline? Est-ce qu'on a toutes autant de secrets que toi quand on devient grande?

Elle est charmante, ma petite soeur. Elle est adorable, mais elle est convaincue qu'on lui cache des choses. J'aimerais bien lui expliquer. Lui faire comprendre que c'est une question de temps. Que tout cela lui arrivera un jour. Elle est tellement pressée!

Dans sa tête, tout a l'air drôlement mélangé en ce moment. Son idée de faire fortune, par exemple. Elle croit que si elle devient riche, très, très riche, elle aura tous les amis qu'elle veut. Que personne

n'osera lui cacher des choses. Bref, qu'elle deviendra grande avant d'avoir été petite.

Pourtant, sa fortune, elle l'a déjà. Elle la porte en elle. Comment lui faire comprendre cela?

Lorsque les de Ronceray sont repartis, après ce repas improvisé où tout le monde s'est amusé – tous sauf Adèle, bien sûr –, Dominique est venue me voir dans ma chambre. Elle était inquiète et on a un peu discuté.

— Je ne sais plus que penser d'Adèle, a-t-elle soupiré. Tu l'as vue, ce soir? Elle était triste, toute seule dans son coin.

— Pas étonnant. Godefroy est devenu l'ami de Charlie. Vous vous êtes amusés toute la soirée avec l'ambassadeur et sa femme...

— Henri et Murielle, s'est empressée de rectifier Dominique. Ils sont peut-être ambassadeurs, mais ils sont charmants. Au fond, c'est une profession comme une autre.

— Peu importe, Adèle a fini la soirée toute seule dans sa chambre. J'imagine très bien ce qu'elle pense. Au début, elle était Cendrillon. Puis, tout à coup, le carrosse s'est changé en citrouille.

Dominique approuvait. Elle comprenait parfaitement ce que je disais. Mais que faire? Comment tendre la perche à cette enfant?

— Cette curieuse manie qu'elle a de vouloir faire fortune...

— Ça, je dois avouer que ça me dérange un peu, a lancé Jean-Philippe, en entrant à son tour dans ma chambre.

Il était aussi préoccupé que ma mère. Depuis quelque temps, dans la bouche d'Adèle, il n'y avait plus que cela: la grande fortune. Tant que ma petite sœur ne serait pas devenue riche, aurait-on dit, elle resterait malheureuse.

— C'est très curieux, parce que dans la famille, l'argent n'a jamais eu tellement d'importance. Je ne sais pas d'où ça lui vient, s'interrogeait ma mère.

On faisait un conciliabule, tous les trois

autour de ma table de travail. Cette histoire nous échappait de plus en plus. On avait beau rire de sa vente-débarras, elle avait eu un sacré culot, la petite! Écouler des objets qui ne lui appartenaient pas... et espérer s'en sortir.

— J'ai mon idée sur ce qui se passe, ai-je alors suggéré.

Jean-Philippe et Dominique se sont tournés vers moi, comme si j'étais une des leurs. Une adulte avec qui on peut parler et qui sait réfléchir.

— La famille a beaucoup changé, ces derniers temps. Je suis une adolescente, maintenant. Charlie n'est plus un enfant. Il a même une petite copine avec qui il correspond sur Inter-Réseau. En fait, il n'y a qu'Adèle qui est encore... euh... comment dire?

Jean-Philippe et Dominique hochaient la tête. Ils semblaient prendre mes paroles très au sérieux. J'en ai profité pour aller jusqu'au bout de mon idée.

— Adèle se sent seule contre nous quatre. Elle ne sait plus quoi faire pour prendre sa place.

— Tu as sûrement raison, Caroline. On lui en demande peut-être un peu trop.

— Ça n'explique toujours pas cette manie de vouloir faire fortune.

Dominique fronçait les sourcils. J'ignorais ce qu'elle pensait, mais j'avais la curieuse impression d'être du même avis. C'est ensemble, d'ailleurs, qu'on s'est exclamées:

— Elle pense peut-être qu'avec de l'argent, on peut gagner du temps. Qu'avec sa grande fortune... elle deviendrait automatiquement une «grande», comme nous.

Jean-Philippe était sceptique. Adèle n'avait que neuf ans. À cet âge, on n'imaginait pas des choses pareilles.

— Elle en est parfaitement capable! leur ai-je dit.

— Tu crois? s'est étonné Jean-Philippe.

C'est alors que la porte de ma chambre s'est entrouverte. La petite tête d'Adèle est aussitôt apparue.

— Pourquoi êtes-vous tous dans la chambre de Caroline? C'est à cause de ce qui est écrit dans le journal intime? Encore une chose que je ne dois pas savoir?

Jean-Philippe s'est attendri. Il a ouvert la porte, l'a prise dans ses bras et l'a soulevée bien haut:

— Mais non, Adèle! On parlait comme

ça... de choses et d'autres.

Dominique s'est approchée, elle aussi. Elle a fait un gros câlin à ma petite sœur. Le fossé entre son univers et le nôtre semblait si grand depuis quelque temps! Elle avait l'air d'un petit chat apeuré. Une petite bête prise d'un vertige permanent.

— Viens, on va aller dormir, a tout de suite proposé Dominique.

— Et vous? Est-ce que vous allez vous

coucher, maintenant?

Ils étaient très affectueux avec elle. Dominique voulait la raccompagner dans sa chambre, Jean-Philippe s'offrait à lire une histoire pour l'endormir. Ils sont tous sortis en se serrant les uns contre les autres et j'ai pensé que tout devait déjà aller beaucoup mieux.

Je suis donc revenue à mon journal intime, où j'avais encore quelques pensées à inscrire. En fait, j'étais plutôt satisfaite de cette discussion avec Jean-Philippe et Dominique. À ma manière, je venais de leur rendre service. Avec un peu d'attention, Adèle cesserait de penser à l'argent et tout rentrerait dans l'ordre.

Comme j'allais me remettre à écrire, j'aperçus le calendrier sur le coin de ma table. Une date me sauta alors aux yeux. Un gros cercle rouge entourait le dix octobre. À cette date, vingt-huit jours se seraient écoulés depuis l'anniversaire d'Adèle. Vingt-huit jours depuis mes premières règles.

Chapitre VIII
Un zoo

J'ai eu beau en parler à Godefroy, l'assurer qu'il n'y avait pas de danger, que tout se passerait bien, le projet ne l'intéressait pas.

Alors, je me suis tournée vers Louise et Julien, mes deux grands amis.

— Je vous jure que ça marchera, cette fois. On va faire fortune, c'est certain.

— Ça y est! Adèle est repartie avec ses idées de grandeur, s'est lamenté Julien.

— Eh bien! moi, ça pourrait m'intéresser! m'a dit Louise. C'est quoi au juste, ce nouveau projet?

— Un zoo!

— Un zoo? se sont-ils exclamés.

— Oui, oui! Un zoo! Ici, dans notre quartier.

Julien, qui n'était pas très emballé au début, voulait maintenant tout savoir. Où je comptais trouver les animaux. Dans quel endroit on les rassemblerait et combien d'argent on demanderait pour la visite.

— Ce n'est pas compliqué. Il y a tout ce qu'il faut tout près d'ici. Il suffisait d'y penser... et de s'organiser.

Mes deux copains étaient déjà acquis à l'idée.

— C'est vrai que les enfants adorent les zoos, s'enthousiasmait Louise. Je n'aurais jamais cru qu'on pouvait en avoir un bien à nous. Mais si tu le dis, Adèle, je suis sûre qu'on est capables.

Sans perdre un instant, je les ai emmenés dans le garage, derrière la maison, et on a fait notre première réunion de zoo. J'avais pensé à tout.

— On serait surpris de constater tout ce qu'on peut trouver comme animaux dans le quartier. Jean, l'ami de Caroline, a un hamster... et sa soeur possède deux chats.

— Moi, j'ai la plus belle perruche de la rue, s'est vantée Louise. Et nous aussi, on a deux chats à la maison.

— Oui, oui! Et on pourrait prendre le caniche de ma mère, a suggéré Julien.

— Ce n'est pas tout, ai-je poursuivi. Madame Gagnon, celle chez qui on a fait la vente-débarras, elle a un chat angora. Et

Jean-Frédéric, il garde un singe.

— Je ne suis pas certain qu'il nous le prêtera.

— On verra bien! De toute façon, il y a plein d'autres animaux. Mathilde a un perroquet et deux poissons rouges. Martin garde deux écureuils dans une cage et son papa a un dalmatien.

— Ça y est! On l'a, notre zoo!

On était pliés en deux de rire, Julien, Louise et moi. Bizarre que personne n'y ait pensé avant.

Il ne restait plus qu'à rendre visite à nos amis, à nous entendre avec eux et à faire un grand écriteau que l'on planterait près de la rue.

— Mon père a une tête de chevreuil empaillée, proposa Julien. Et un renard avec des billes noires à la place des yeux.

— Ah non! Il n'y a que de vrais animaux dans un zoo. Les empaillés, ça ne compte pas!

— Et la collection de papillons de ma sœur Marie? demanda aussitôt Louise. C'est tellement beau les papillons!

— Tu crois qu'elle nous les prêterait?

— On pourrait les emprunter.

Julien était contrarié. D'abord parce qu'on refusait de prendre le renard et la tête de chevreuil, mais aussi parce qu'il ne connaissait pas la différence entre «prêter» et «emprunter».

— Prêter, c'est lorsque Marie me passe ses affaires et qu'elle est d'accord, s'est empressée de lui expliquer Louise. Emprunter, c'est quand on demande la permission après.

On a discuté pendant un moment. C'était la preuve que mon projet de zoo avait du succès. Et bien sûr, on a fini par s'entendre! La grande ouverture aurait lieu le samedi suivant, ici même, dans le garage.

Pour être certains que personne ne refuse, on «emprunterait» les animaux... et le prix de la visite guidée serait de vingt-cinq cents.

— Et la tête de chevreuil de mon père? a demandé Julien.

— Bon, bon! C'est d'accord pour les animaux empaillés... et les chats de gouttière. Tous ceux qu'on pourra trouver.

C'était le plus fantastique de tous mes projets! Et surtout, jamais je n'avais été aussi près de ma grande fortune. Je devais une fière chandelle à Louise et à Julien. Pour les en remercier, j'ai décidé qu'on partagerait moitié-moitié.

C'est-à-dire, la moitié de tout l'argent pour moi... et l'autre moitié divisée entre eux.

Tout le reste de la semaine, on a parlé de notre projet. On a séparé nos amis en deux groupes: ceux qui nous «prêteraient» leurs animaux... et ceux à qui il faudrait les «emprunter».

Le jeudi soir, on était assurés d'avoir une perruche, un perroquet, deux poissons rouges, une tortue et un couple d'écureuils.

Pour les chats de gouttière, ce serait très simple. Depuis trois jours, je mettais de la nourriture dans le garage et je laissais la porte entrouverte. Tous les minous du quartier s'étaient donné le mot et ils étaient une dizaine à fréquenter le nouveau zoo.

Le vendredi, après l'école, on s'est rencontrés pour faire l'affiche. Ça n'a pas été tellement compliqué. On a simplement écrit «ZOO 25 CENTS»!

Godefroy et Charlie se sont bien demandé ce qu'on mijotait, mais ils étaient tellement occupés à jouer avec l'ordinateur qu'ils ne sont même pas venus voir.

C'était mieux comme ça, d'ailleurs. On a eu la paix pour établir la liste des animaux «à emprunter».

Il y aurait la collection de papillons de Marie, la sœur de Louise. Le renard et la tête de chevreuil empaillés du papa de Julien, le caniche de sa mère, le singe de Jean-Frédéric... et peut-être le chat angora de madame Gagnon.

Le samedi venu, le zoo ouvrirait ses portes vers dix heures... dès que Jean-Philippe et Dominique seraient partis faire les courses.

Et plus on en parlait, Louise, Julien et moi, plus on était convaincus que ce serait un succès.

Chapitre IX
Les règles

C'était le dix octobre. Un samedi comme les autres. J'étais dans ma chambre et j'écrivais dans mon journal intime, quand soudain Charlie est entré en criant:

— Caroline, viens voir! C'est l'arche de Noé dans le garage!

Il était si énervé que je n'ai rien compris à ce qu'il disait. Dehors, il faisait un soleil radieux. À la météo, personne n'avait parlé de déluge. Alors j'ai pris mes jambes à mon cou et je suis sortie. Le premier indice est venu de cette pancarte plantée devant la maison: «ZOO 25 CENTS». Il ne pouvait s'agir que d'Adèle!

Devant la porte du garage toute grande ouverte, une bonne douzaine d'enfants étaient rassemblés. Des petites bouilles qui semblaient effrayées par ce qui se passait à l'intérieur. Pourtant, une heure plus tôt, lorsque Jean-Philippe et Dominique étaient partis, rien ne laissait prévoir une fête dans cet endroit. Même l'affiche plantée dans le gazon n'y était pas!

— Hé! les minous! Laissez les oiseaux tranquilles, criait désespérément Adèle.

J'ai failli tomber à la renverse. Ma petite soeur était au milieu d'une épouvantable ménagerie et ne savait plus où donner de la tête.

Un gros matou se chamaillait avec le dalmatien de Daniel, un de nos voisins. Deux chats de gouttière essayaient de saisir une perruche, qui se débattait tant bien que mal dans sa cage. Plus loin, un autre minou avait la patte dans un petit aquarium. Il essayait d'attraper un poisson rouge pour le manger.

— Arrêtez! Allez-vous vous tenir tranquilles? hurlait Adèle.

Comme si ce n'était pas assez, il y avait un petit singe en laisse qui mangeait la collection de papillons de Marie, la soeur de Louise. Pis encore, le chat angora de madame Gagnon était grimpé sur le panache d'un chevreuil empaillé, les poils dressés sur le corps comme s'il craignait de tomber.

— Mais qu'est-ce qui se passe ici? ai-je demandé, pendant que les enfants s'écartaient sur mon passage.

Assis derrière une petite table, Julien faisait timidement rouler des vingt-cinq cents dans ses mains. Devant lui, deux fillettes se plaignaient:

— Nous, on veut être remboursées, réclamait la première. Ce n'est pas un vrai zoo, ça.

— Elle a raison, pleurnichait la seconde. C'est seulement un garage avec des animaux qui se chamaillent.

Un caniche était venu se braquer devant le renard empaillé et il jappait. Un chat courait après un hamster qu'il prenait pour une souris. Et la tortue de Patrick, un autre voisin, s'était rentré la tête et les pattes dans la carapace, de peur qu'il ne lui arrive malheur.

— Vous allez tout de suite ramener ces animaux d'où ils viennent, ai-je crié, pour bien me faire comprendre.

Mais les oiseaux battaient des ailes, les poissons frétillaient dans l'eau, les minous miaulaient, les chiens jappaient, et on ne s'entendait plus penser dans ce garage de Noé. Jusqu'à ce qu'un grand cri retentisse derrière moi:

— Mes papillons!

C'était Marie, la soeur de Louise. Elle est entrée en coup de vent, a poussé le singe de Jean-Frédéric et s'est mise à pleurer devant ce qu'il restait de sa collection.

Au même moment, la voiture de Jean-Philippe est entrée dans la cour.

— Voulez-vous me dire ce qui se passe? a-t-il demandé en descendant.

Madame Gagnon arrivait derrière lui, rouge de colère. D'une voix très aiguë, elle vociférait:

— Est-ce vrai que mon chat angora est ici?

Dominique a fait des pieds et des mains pour la calmer. Avec Jean-Philippe, j'essayais de séparer les chiens et les chats, de sauver les oiseaux et les poissons.

— Adèle! gueulait mon père. Veux-tu me dire ce que tu as encore inventé?

— Un zoo, a-t-elle répondu, le plus simplement du monde.

— Ah! pour un zoo, c'est tout un zoo!

Au bout de dix minutes, la moitié du quartier était rassemblée dans notre cour. On rendait les chiens aux uns, les chats, le singe en laisse et la perruche en cage aux autres. Jean-Philippe n'arrêtait pas de s'excuser.

— Elle ne recommencera plus, je vous le promets. Elle ne le refera plus!

Lorsqu'une heure plus tard le calme est revenu, une fois le garage à peu près vide, il s'est tourné vers ma petite soeur. S'efforçant de ne pas l'effrayer, Jean-Philippe lui a expliqué, d'une voix ferme:

— Adèle, il faut que tu comprennes qu'on n'a pas le droit de tout faire dans la vie! Il y a des RÈGLES! Des RÈGLES qu'il faut suivre... Il va falloir que tu mettes ça dans ta petite tête!

Adèle le regardait avec de grands yeux et j'ai eu chaud, soudainement. Quand j'ai

entendu le mot RÈGLES, ça m'a fait tout drôle. Quelques jours plus tôt, j'avais vu la date encerclée en rouge sur mon calendrier. Le 10 octobre. C'était aujourd'hui.

Je me suis appuyée contre la porte du garage. Je devais être pâlotte. Dominique s'est approchée de moi:

— Ça va, Caroline? C'est aujourd'hui, n'est-ce pas?

J'ai fait signe que oui, elle a passé son bras autour de mon cou et on est rentrées dans la maison. Derrière, dans le garage, Jean-Philippe essayait de rester calme.

Chapitre X
Une histoire
de femmes

Adèle est entrée dans ma chambre en pleurnichant.

— Caroline, reniflait-elle, c'est terrible. Je ne ferai jamais fortune.

Ma petite soeur était malheureuse. Son zoo à vingt-cinq cents avait été un échec total. Un revers aussi cuisant que la vente-débarras. Je n'ai rien trouvé de mieux à faire que de la prendre dans mes bras.

— Je donne ma langue au chat... et tant pis si personne ne s'intéresse plus jamais à moi.

— Mais non, petite fille, l'ai-je consolée. Qu'est-ce que tu racontes? Tu es très importante. On t'aime beaucoup, tu sais. On t'aime comme tu es.

Elle n'en croyait pas un mot. Adèle était persuadée que sans sa grande fortune, elle ne trouverait jamais sa place dans notre famille.

— La richesse, lui ai-je murmuré, tu

l'as déjà. Et plus tu vieilliras, plus elle grandira.

Elle avait envie de me croire... jusqu'à ce qu'elle aperçoive LA boîte sur la commode. Intriguée, elle l'a pointée du doigt:

— Dominique t'a encore fait un cadeau?

J'ignorais de quoi elle parlait. Je me suis retournée et elle m'a dit d'un ton envieux:

— Les petits paquets bleu pâle. Elle t'en donne tout le temps. Et moi je n'en ai jamais. Vous avez des tas de secrets ensemble, toutes les deux.

C'est alors seulement que j'ai compris l'ampleur de la confusion dans sa petite tête. Mais comment expliquer à une enfant de neuf ans que lorsqu'elle en aura onze ou douze ou treize, elle deviendra une femme? Que quelque chose changera alors dans son corps. Quelque chose qui, par la suite, reviendra chaque mois.

— Tu portes un trésor en toi, ai-je insisté, et tu ne le sais pas.

Pour en faire la preuve, j'ai tendu la main, j'ai pris un de ces petits paquets bleus, comme elle les appelait... et je l'ai ouvert.

— Depuis le mois dernier, depuis le jour de ton anniversaire, j'ai mes RÈGLES.

— Je n'aime pas les RÈGLES, m'a-t-elle répondu. Jean-Philippe m'a dit qu'il fallait suivre les RÈGLES! Ça veut dire qu'on ne peut pas faire de vente-débarras... ni de zoo!

— Pas ces RÈGLES-là! Les autres. Celles qui font la différence entre les garçons et les filles. Ce qui nous permet d'avoir des bébés... et pas eux!

Son regard s'est illuminé. Dominique lui en avait déjà parlé. Elle avait employé un autre mot: les menstruations! Mais c'était la même chose.

— Ah bon! s'est-elle exclamée. C'était pour ça, les petits paquets bleus? Pour les RÈGLES?

— Absolument! Et tu sais pourquoi? Tous les vingt-huit jours, on perd un peu

de sang. Alors on porte une serviette. Une
serviette hygiénique.

— C'était donc ça, le secret? s'est-elle
étonnée. C'était donc ça!

— Le jour de ton anniversaire, comme
c'était la première fois, je ne l'ai pas crié
sur les toits. Maman m'a expliqué comment ça se passait. C'était un peu intime,
tu comprends? Mais moi, je suis bien contente de t'en parler. C'est important que tu
le saches.

Adèle était tout heureuse. Enfin, elle faisait partie de quelque chose. Pour une fois, elle n'était pas exclue.

— Moi aussi, je vais avoir mes RÈGLES? m'a-t-elle chuchoté, sans trop y croire.

— Bien sûr! Dans quelques années. Et tu seras une femme aussi. Ça vaut une grande fortune, ça.

Elle m'a demandé si je voulais lui donner un petit paquet bleu, en souvenir.

— En souvenir de quoi?

— En souvenir du jour où quelqu'un m'a dit le secret.

Je lui ai donné une de mes serviettes hygiéniques et elle est repartie en trottinant, toute contente de savoir qu'un jour elle deviendrait elle aussi une femme. Toute souriante à l'idée qu'elle aurait aussi des enfants, si elle le désirait. Et que, pour cela, elle n'avait nul besoin d'une grande fortune. Elle possédait déjà tout dans sa petite personne.

Table des matières